Ye

23194

O D E S

SACRÉES ET PHILOSOPHIQUES.

Iere O D E.

gence

Y+

DIEU ET L'INFINI,

ODE;

Précédée d'un Discours sur l'objet, le caractère et le plan de l'*Ode sacrée et philosophique.*

Lue à la Société académique des Sciences de Paris, dans sa séance du 11 floréal an IX.

Puras sublimi Deus afflans numine mentes,
Te dignis promat Musa severa modis !

PRUD.

A PARIS,

De l'imprimerie d'ADRIEN LE CLERE, libraire,
quai des Augustins, n.º 39.

AN IX. (1801.)

DISCOURS

PRÉLIMINAIRE,

Concernant l'objet, le caractère et le plan
de l'*Ode sacrée et philosophique.*

OBJET.

Sous un Gouvernement raisonnable et mo-
déré, si la raison éclaire la morale, celle-ci à
son tour soutient la raison ; mais elle s'appuie
sur l'existence de la Divinité, sa véritable base,
et le principe de tout ce qui est bon, généreux
et élevé.

Cet état de choses est celui auquel tend la
nation française et son Gouvernement, sous
un chef qui veut et opère l'ordre, parce qu'il
unit à un génie actif un esprit juste, à un caractère ferme des intentions droites. Revenus à
des principes de justice qui règlent l'hiérarchie
sociale sans la détruire, on pense, on juge plus
sainement ; et la morale se rattache à l'idée
d'un Dieu. C'est cette disposition que je saisis,
pour rappeler, pour fixer, s'il est possible, par
le langage mesuré, l'attention de l'homme sur

ce grand objet. Mon dessein, en contribuant à rendre la poésie à sa dignité, est de fortifier ces idées et ces sentimens religieux qui, dégagés de toute faiblesse et de tout préjugé, sont si propres à élever l'ame, à lui donner un point d'appui, et en l'attachant aux principes des vertus sociales, lui font mieux aimer et les lois et les hommes qui s'y conforment. *

Dans ces temps d'une fausse et avilissante philosophie, l'homme individuel a été dégradé par l'athéisme, et l'homme social, presque dissous par l'anarchie, suite de la dégradation morale. Il faut montrer à l'un, sa grandeur dans celle de l'Être auquel l'ame s'élève et tend à se réunir; à l'autre, sa puissance dans celle que représente l'autorité d'un chef qui agit pour le maintien et la défense des droits de tous.

La raison et le sentiment dans l'homme ont été presque éteints par la barbarie et l'égoïsme, suites de l'anarchie. Il faut éveiller son intelligence par la contemplation de cette sagesse qui préside aux beautés de l'ordre; il faut exciter sa piété et son humanité par la vue d'un Être bienfaisant et paternel.

* *La loi commande, et la religion conseille*, dit Montesquieu.

C'est pour atteindre à ces divers buts, qui sont le même, que j'ai formé le plan d'une suite d'odes, dont voici les titres :

DIEU ET L'INFINI.
Dieu et la puissance.
Dieu et la sagesse.
Dieu et la bonté.

Le sujet de ces odes et l'importance de leur objet, en indiquent le mode. Elles appartiennent à un genre non moins sévère que sublime. Leur caractère, à cet égard, différant de celui des autres genres connus, il est nécessaire de l'établir, et d'en développer les motifs.

CARACTÈRE.

C'est le concours de la philosophie et de la religion qui distingue ce nouveau mode de poésie : car le genre lyrique sacré ne nous offre que des odes morales, dont quelques-unes sont des chefs-d'œuvre, et point d'odes philosophiques.

Mais la philosophie convient-elle à la poésie, et en particulier à l'ode ? Je dois dire ce que j'entends par *philosophie.* Comme la morale proprement dite est une science de règles qui a pour objet non-seulement l'utile, mais l'honnête; la philosophie, dans le sens exact, est une science de principes qui a pour objet le bon et le vrai, et qui résulte de l'accord de la raison et du sentiment. Ainsi toute philosophie, soit technique, soit abstraite, qui ne ferait que raisonner, quelque appropriée qu'elle fût par une main habile à toutes les formes mécaniques du langage, ne serait pas pour cela propre à la poésie. Il n'en est pas de même de celle qui s'appuie sur le sentiment : l'énoncé d'une vérité intéressante et généralement sentie, s'allie très-bien avec l'expression du *grand* et du *gracieux*, les deux caractères qui déterminent les deux modes du beau poétique, le sublime et le tempéré. D'un autre côté, la saine poésie, soit noble, soit gracieuse, est plus ou moins sévère, suivant le degré de pureté de son objet : voilà encore un point de contact, où une sage poésie s'unit à la philosophie. S'il en existe de telle du genre tempéré, pourquoi n'en pourrait-il exister de semblable du genre sublime? La qualité commune à toutes les poésies d'un ordre supérieur, c'est la grandeur des pensées et des images, en action dans l'épopée et la tragédie, et en sentiment dans la poésie lyrique. La philosophie qui joint à la pureté, à la noblesse des principes, celle du sentiment, est donc propre à l'ode.

Mais combien elle lui convient, et quelle dignité, quel caractère elle lui prête, lorsqu'elle s'unit à la religion! C'est la haute philosophie, plus encore que la haute morale, qui constitue l'ode sacrée, parce que l'esprit, dans sa marche progressive, partant de ce qu'il aperçoit, de ce qu'il reconnaît en lui de bon, de grand et de beau, ne remonte pas seulement aux règles du beau, du bon et du grand, mais à leur principe. L'ame épurée de toute affection tumultueuse, en s'élevant ainsi, ne s'emporte pas. Dans ses mouvemens les plus grands, tout est lié; tout est franchi sans secousse : la majesté du vol égale la sublimité de l'essor. Il en est de même de la poésie du style : son coloris, son éclat, est la *lucidité*, et non un vain fracas de couleurs. *Non strepens ruit, sed assurgit et nitet.*

Le Lyrique qui a dit, « l'ode est le véritable » champ du sublime et du pathétique » (c'est-à-dire, du passionné), en a saisi d'un côté l'étendue; et de l'autre, il l'a trop restreinte. Pour l'embrasser toute entière, et mettre de l'accord et une égale dignité dans les termes qui la caractérisent, il devait partir du degré le

plus pur de la passion comme du plus haut
degré d'élévation de la pensée, et définir l'ode
*le véritable champ du sublime et du sen-
timent.*

Le sublime et le passionné peuvent subsister
ensemble dans l'ode héroïque, et même dans
l'ode morale : mais dans l'ode dont je parle,
à moins que notre faiblesse ne nous fasse un
besoin de l'exagération et du contraste, le sublime et le passionné s'associent rarement. L'esprit qui anime ce genre sacré, plane en quelque sorte au-dessus des passions terrestres, et
dédaigne les images trop matérielles. Il em-
prunte à la poésie, à la nature, ce qu'elle a de
grand, de lumineux, de simple ; et c'est là son
seul ornement.

On a comparé l'ode pindarique à un torrent,
l'ode morale à un fleuve : je compare l'ode
sacrée et philosophique à une source dont les
eaux, élevées sur un vaste sommet, réfléchis-
sent, en s'épanchant, un ciel majestueux et
pur. Tel est ce genre de poésie vraiment divin. Il faudrait être bien peu sensible au mé-
rite de la simplicité et de la grandeur réunies,
pour oser dire qu'un tel genre n'atteint point
à la hauteur de l'ode, lorsqu'il en occupe la
cime.

Tout a ses degrés. Le sentiment grand dont l'ode de la haute poésie est l'expression , peut être plus ou moins vif, plus ou moins étendu.

Un sentiment *impétueux* domine dans l'ode héroïque dite de Pindare.

Un sentiment *expansif* se développe dans l'ode morale.

Un sentiment *profond* caractérise l'ode philosophique.

Un sentiment *élevé* distingue l'ode sacrée. Mais peut-il exister rigoureusement une telle ode ? et la poésie la plus auguste peut-elle créer le sublime pur ? On sent que tous les genres voisins se mêlent, et que l'échelle lyrique qui précède exprime seulement quelques points d'une gradation dont c'est ici le dernier terme.

Ces deux modes, la profondeur et l'élévation, ne sont que le point de vue divers de la grandeur. Il résulte de leur réunion dans le même sujet , un genre parfaitement un. Tel est le caractère du genre sacré et philosophique ; et telle est l'idée du plan que j'ai tâché d'exécuter dans l'Ode *sur Dieu et l'infini*.

PLAN.

Ce qui a été dit du caractère peut s'appliquer au plan, par lequel j'ai entendu le mode relatif à l'exécution. J'aurai peu de chose à ajouter d'essentiel. Je me suis déjà beaucoup étendu : mais j'ai dû m'attacher à faire reconnaître ce genre éminent.

Pour disposer par degrés l'esprit et la religion du lecteur, je me borne à publier la première des quatre odes que j'ai annoncées : mais c'est aussi la plus caractéristique et la plus grave. C'est celle qui comporte le plus de cette grandeur sévère qui lie les parties d'un tout, noblement animé et sagement diversifié.

J'ai dû choisir un rhythme analogue à la majesté du sujet. Et comme il n'existe pas de milieu pour l'ode entre le vers de huit syllabes et celui de douze, j'ai préféré le mètre alexandrin, sans mélange d'aucune autre mesure. Mais pour en mieux varier la cadence, et ne point faire les masses trop fortes, j'ai pris le nombre impair de sept vers par strophe : c'est seulement un de plus que le nombre employé dans l'une de nos plus belles odes sacrées et morales, qui est toute en grands vers.

L'Ode *sur Dieu et la sagesse* n'aura pas moins d'unité et de liaison que l'Ode *sur Dieu et l'infini;* mais ses formes seront moins grandes.

L'Ode *sur Dieu et la puissance,* et celle *sur Dieu et la bonté,* seront susceptibles de quelque variété dans le mètre. Elles sont de nature à offrir, l'une plus de force et de vivacité, l'autre plus de douceur et de tendresse; en conservant toutefois le caractère d'un genre qui ne permet ni l'abandon, ni le désordre.

Employer le style figuré, les images, sans gradation et sans mesure, c'est, dans toute poésie, s'écarter de cette juste convenance qui fait le naturel, et sacrifier la vérité à la fausse vigueur de l'effet. Dans la poésie la plus élevée, ce serait détruire le grand et le beau. Mais dans l'Ode *sur Dieu et l'infini* sur-tout, c'eût été matérialiser en quelque sorte le sujet, et aller directement contre mon but.

Ce but, quel est-il? d'inspirer aux amis de la science et des lettres, à l'aide de la poésie épurée par une saine philosophie, des sentimens qui les élèvent à la source de cette grandeur que cherche leur esprit. Je ne mêle rien de profane à ce vœu pour la religion : tout succès autre que le sien, je l'immole à sa gloire. Que le plan ou l'exécution soit plus ou

moins conforme au caractère qui a été tracé ;
si je remplis mon objet, si je sers mes conci-
toyens en contribuant à rendre à la morale dé-
gradée sa base consolante et sublime , j'aurai
réussi. Alors je m'occuperai de la suite de ces
odes, autant que des travaux assidus et l'entre-
prise commencée d'un ouvrage *sur les Sciences
méthodiques* me le permettront.

DIEU ET L'INFINI,

ODE.

Où prétend l'aigle altier porter sa vue hardie ?
La mer ne fut jamais par l'homme approfondie :
L'homme ose fixer Dieu, sonder l'immensité.
Il croit te découvrir, sublime Vérité !
Il croit, lorsque le Temps circonscrit son génie,
Mesurer le rayon de la sphère infinie,
Et pénétrer au sein de la Divinité.

DIEU, de la vie humaine a borné la carrière :
Qui peut borner de Dieu le règne illimité ?
Les traits brillans du jour, du soleil à la terre
Franchissent l'intervalle avec légèreté :
La pensée, en son vol plus rapide et plus ferme,
Se fatigue, s'épuise, et n'atteint point le terme
D'un règne qui comprend toute l'éternité.

CALCULATEUR profond, ose, toi qui dénombres
Tous ces astres divers, sommer l'infinité.
Que de plus en plus grand, un long ordre de nombres,
Par un signe hardi réduits à l'unité,
Soit au plus haut degré de puissance porté ;
As-tu trouvé le fond de ces abîmes sombres ?
Vains efforts ! l'infini tout entier est resté.

C'est Dieu, c'est le Soleil illuminant la cime
De l'univers, qui seul perce, éclaire l'abîme,
Parcourt, mesure tout, voit tout du même point,
Ne s'est jamais levé, ne se couchera point.
Qu'un nuage léger voile un instant sa face,
Dans la nuit du néant le ciel, la terre au loin
Disparaît comme un trait, et l'univers s'efface.

Où s'offre un Dieu si grand, que manifeste en nous
La raison, l'action, le desir, l'espérance ?...
Astres majestueux, avec vous je m'élance
Vers le centre commun où vous gravitez tous.
Vous guiderez mon vol aux célestes demeures.
L'instrument qui nous montre et dispense les heures,
N'est point mu sans ressort : sans Dieu le seriez-vous ?

La Terre a fui : je vois comme un point ces royaumes
Que dispute à l'orgueil l'ambition des hommes.
Jupiter, dans l'abîme aussi tu t'engloutis.
Je t'aperçois, *Saturne :* achève ta carrière ;
Après trente ans reviens aux lieux d'où tu partis.
Dieu du jour, dans *Herschel* vois mourir ta lumière.
D'un dieu plus radieux j'ose franchir la sphère.

Quels degrés imposans d'un ordre harmonieux !
L'astre plus grand nourrit des mondes plus nombreux.
La vie est plus active à sa source profonde ;
Et l'être animé va de l'un à l'autre monde.
C'est l'échelle où *Jacob* voit les êtres monter.
Échelle, appui sublime où mon espoir se fonde,
Au ciel des cieux par toi *Paul* se sent transporter !

Mais quoi!.. suis-je au sommet : l'œil cherche l'astre immense....
Sur la sphère des sens plane l'intelligence :
L'Esprit pur, par un corps serait-il circonscrit !
Ce qui n'est point borné, ne peut être décrit.
La main ne peut toucher, l'œil voir, l'oreille entendre
Celui que tous les temps, les lieux n'ont pu comprendre....
Un nom seul apparaît, sur l'univers inscrit.

Rien n'est beau, rien n'est vrai, n'est grand que l'Être même !
Il ne se montre pas : Dieu voulut par l'emblème
D'un tout majestueux s'annoncer à l'esprit,
Et se réfléchissant dans ce vaste système,
A l'ensemble attacha son nom, son nom suprême -
Il est ! lorsque tout change, et, dans le temps prescrit,
Paraît, croît un instant, décroît, tombe et périt....

Mais si l'homme est lui-même un tout, une puissance,
Il doit comme la flamme à son foyer s'unir,
Voir Dieu par l'harmonie !.... Un rayon d'espérance
A dans ce cœur mortel ranimé le desir.
J'ai voulu m'élever au sein de l'Être immense :
Une voix crie : *Arrête ; homme impur, qu'oses-tu ?...*
Tu n'es, tu ne peux rien, sans Dieu, sans la vertu.

Par un poids invincible, entraîné, je retombe.....
La terre est ma prison : ... serait-ce aussi ma tombe?....
Quoi ! ces esprits grossiers qui de la fange nés
Y rentrent, produiraient l'action, le génie ?
Non ; la matière est mue, et sa sphère est finie.
Le présent peut combler tes appétits bornés,
Stupide instinct : ... mon ame a faim d'une autre vie.

Actif, j'existe au loin, et vis dans l'avenir.
L'homme se développe; il veut aimer, connaître,
Veut devenir heureux : il est donc fait pour l'être.
Ah ! l'espoir, dans les maux, soutient seul le desir.
Noble et douce espérance ! Eh, qui peut méconnaître
D'un sentiment divin le charme consolant ?
C'est le Vice qui hait et nie un Dieu puissant.

Avide, il ose tout, veut être libre et maître.
Ambition impie !... ô quels maux vois-je naître !
Monstre aveugle et sans frein, la Fausse-Liberté,
Foulant aux pieds les lois, les mœurs, l'humanité,
Tyran barbare et vil, dépouille, outrage, opprime.
Qu'un héros généreux arrête enfin le crime ;
Le monstre est abattu : le Vice est-il dompté ?

Dieu donne le bonheur : il nous doit sa justice.
Les regrets, sans l'espoir; voilà l'enfer du Vice.
Au sein d'un Dieu la vie et la sécurité,
La lumière des Cieux, la pure volupté,
Sont les biens immortels que promet la puissance
Qui d'un doux avenir crée en nous l'espérance,
Le germe, l'avant-goût de la félicité.

Quand mon ame aspirait après son bien paisible,
Qui donc a pu, grand Dieu, te rendre inaccessible?
Ah! c'est l'étroite enceinte où l'homme est resserré.
Par l'organe des sens faiblement éclairé,
Voit-il, peut-il saisir l'Être qui leur échappe ?
Et cette voix encor retentit et me frappe :
L'homme est par la vertu sur la terre épuré.

QUEL mortel connut Dieu, ses grandeurs ineffables!
Ézéchiel, peins-nous, terrible, menaçant,
Dieu, dans tes visions, poursuivant le méchant :
« J'ai vu, parmi le feu des éclairs effroyables,
» L'Éternel s'avancer, sombre comme la nuit.
» J'ai cru, voyant son char, voir des chars innombrables,
» Et d'une armée en marche ouïr l'horrible bruit.

   » LEUR corps, sans s'arrêter, se frayant un passage,
» S'élevait, s'abaissait, par l'Esprit animé,
» Et d'yeux étincelans était tout parsemé.
» Dieu tout-à-coup éclate et fond comme l'orage.
» Son char rapide roule en tourbillons de feu....
» Écrasés et vivans, ses ennemis, ô rage !
» Invoquent le néant : Dieu réprouve leur vœu. »

   SOIS plus calme, *Isaïe*; et des humains dociles
Peins ce Dieu souverain, dans l'empirée assis,
« Qui gouverne et meut tout, sans mouvoir les sourcils ;
» Qui fixe l'univers avec des yeux tranquilles ;
» Tandis qu'autour de lui la paix et le bonheur
» Comblent ses Saints ravis, à ses pieds immobiles,
» Comme d'un vêtement couverts de sa splendeur. »

   TEL, sous les cieux sauvé par un dieu tutélaire,
Quand l'homme au loin paraît librement respirer,
Dans le chef d'un grand peuple on aime à révérer
Un pacificateur *, un bienfaiteur, un père.   * Bonaparte.
Et quel chef, ou quel dieu, vint jadis sur la terre
Cimenter par ses lois, avec la paix du Ciel,
Le bonheur que promet et donne l'Éternel !

On crut de la Sagesse entendre les oracles,
Voir de l'humble vertu briller la pureté
Et de la bienfaisance éclater les miracles.
La grace adoucissant en lui la majesté,
Exprimait la puissance unie à la bonté.
Amour, tu tempérais ses regards pleins de flamme;
Et la beauté du corps peignit celle de l'ame.

Mais du Temple le Dieu restait toujours voilé.
Rayonnant dans un chef, et sur le front du sage,
La gloire d'un Dieu grand est pour l'homme un nuage.
Comme un ver rampant meurt et ressuscite ailé,
C'est quand l'homme a percé son enceinte grossière,
C'est quand du Sanctuaire un jour pur a brillé,
Que la grandeur paraît, sans ombre, sans mystère.

Comme en se dirigeant vers l'astre qui l'éclaire,
L'insecte resplendit des plus vives clartés;
L'ame alors, déployant toutes ses facultés,
S'élance, voit, saisit Dieu, la nature entière
Et de l'ordre éternel découvre les beautés
Et désormais nageant au sein des vérités
A la source du feu va puiser la lumière.

Par J. B. M. Gence, membre de la Société
académique des Sciences, séante au Louvre.